Slavekvinde i en Uge
Komplet Serie

Erika Sanders

Serie

Erotisk Dominans og Underkastelse

Synopsis

Erika indvilliger i at være Sandras slave i
en uge...

Slavekvinde i en Uge er en historie med
stærkt erotisk BDSM-indhold og til
gengæld også tilhørende samlingen
Erotisk Dominans og Underkastelse,
en serie af romaner med højt romantisk
og erotisk BDSM-indhold.

(Alle karakterer er 18 år eller ældre)

Erika Sanders er en internationalt kendt
forfatter, oversat til mere end tyve
sprog, som underskriver sine mest
erotiske skrifter, væk fra sin sædvanlige
prosa, med sit pigenavn.

Indeks:

Synopsis

Bemærkning til forfatter:

Indeks:

SLAVEKVINDE I EN UGE KOMPLET SERIE ERIKA SANDERS

FØRSTE DEL

ANDEN DEL

ENDE

SLAVEKVINDE I EN UGE
KOMPLET SERIE
ERIKA SANDERS

FØRSTE DEL

"Du forstår," sagde Sandra til mig, "at
når først du kommer ind i mit hus, går
det, jeg siger. Fuldstændig og total
lydighed."

"Øh, ja," sagde jeg lidt bekymret.

"Ikke øh, ja," sagde hun bestemt, "Ja
Frue."

"Ja frue," sagde jeg med lidt mere
overbevisning.

"Meget bedre." Hun åbnede døren og
holdt den til side, så jeg kunne komme
ind. Jeg bevægede mig forbi hende og
slæbte kufferten med de ting, jeg havde
taget med og stod på gangen. Sandra
lukkede døren og gik forbi mig. Jeg
undersøgte hendes forsikrede stiver.

Hun var høj, næsten 6 fod høj. Jeg er kun 5'2" og følte mig overvældet af hende. Hun havde en dejlig form røv , pæne kurvede hofter og store, C-kupede bryster. Jeg blev ramt.

Vi havde mødt hinanden på en pub, og efter at have snakket hele natten væk, havde hun spurgt mig, om jeg var åben. Jeg havde sagt ja, og så havde hun spurgt mig, om jeg betragtede mig selv som mere dominerende eller underdanig.

Det var jeg nødt til at tænke over. Jeg ved, hvad jeg vil, men jeg er også glad, når nogen er villige til at tage ansvaret og fortælle mig, hvad jeg skal gøre. Jeg fortalte hende, at jeg var underdanig.

Jeg var blevet chokeret, da hun spurgte mig, om jeg ville være hendes slave.

"Hvad mener du?" Jeg havde spurgt
hende.

"Jeg mener, at du kommer til mit hus og
bliver hos mig og gør alt, hvad jeg beder
dig om.

"Seksuelt?"

"Alt." Jeg måtte tænke. Vi havde snakket
om andre ting, danset, drukket og nær
slutningen af natten kysset. Det var et
vidunderligt kys, kraftfuldt og fuld af
lyst. Jeg lagde min hånd på hendes bryst,
og hun fjernede det og så mig i øjnene.

"Det er til min slave," sagde hun.

"Så vil jeg være din slave."

Og nu var vi her, en uge senere. Vi havde aftalt en prøveperiode på en uge .

"Du har ikke fortjent retten til at bære tøj endnu Erika, tag dem alle af." Jeg tøvede, og hun trådte tættere på mig. "Fortryd mig ikke i starten Erika, ellers vil der blive fuldbyrdet straf. Tag dem af."

"Ja frue," sagde jeg. Jeg sparkede mine sko af og trak så også sokkerne af. Jeg spændte mine jeans og gled dem ned af mine ben, mens Sandra stod og så på mig. Så trak jeg min t-shirt over hovedet, så jeg stod der i mit undertøj. Mine trusser gik derefter og til sidst min bh. Jeg foldede pænt hvert stykke tøj og lagde det på min taske.

Sandra undersøgte min nøgne krop. Jeg følte mig som et stykke kød, der bare stod der. Hun kiggede på mine små

bryster og rakte så en finger ud og førte
den hen over min oprejste brystvorte.

"Du har så søde små bryster, Erika,"
sagde hun til mig.

"Tak frue ."

"Træk dine brystvorter for mig, træk
dem hårdt, så jeg kan se, hvor langt du
kan komme dem, og hvor langt de
stikker ud bagefter."

Jeg kiggede ned på mine brystvorter og
tog en i hver hånd. Jeg trak dem hårdt,
indtil det gjorde ondt, mine små bryster
strakte sig til kegler, der sprang ud fra
min krop. Da jeg gav slip, stod
brystvorterne stolt og ophidset oprejst.

"Godt gjort Erika."

"Tak frue ." Hendes øjne fortsatte med at tjekke mig ud. Hun kiggede på min fisse med dens pænt trimmede hårklippe og sagde: "Det duer bare ikke. Jeg skal ud og se noget tv Erika, og mens jeg gør det, er det, hvad du vil gøre for mig. Du vil gå til mit badeværelse og en pincet fra den øverste skuffe af vaskeskabet. Så får du et håndklæde og kommer til stuen. Mens jeg ser tv lægger du håndklædet på sofabordet og sætter dig på det og pluk dine pubber, indtil der ikke er en tilbage."

"Ja frue," svarede jeg. "Skal jeg lægge mine ting væk først Frue?"

"Vend dig om," var hendes svar. Jeg vendte mig væk fra hende, og før jeg kunne fortsætte med at vende mig tilbage til hende, mærkede jeg et sviende slag på min røv .

"Jeg bad dig ikke om at tænke eller komme med forslag Erika."

"Undskyld elskerinde." Jeg gik mod badeværelset, da Sandra bevægede sig væk fra mig. Dette var mere intenst, end jeg havde forventet, jeg indså og spekulerede på, hvor lang tid der ville gå, før jeg gik i stykker og meldte mig ud. Jeg fandt pincetten frem og gik tilbage til stuen, hvor Sandra sad foran fjernsynet. Jeg lagde håndklædet på sofabordet, så jeg kunne se fjernsynet, og spredte så mine ben for at inspicere mig selv.

"Nej, du står ikke over for TV'et Erika, du står over for mig, så jeg kan se dig plukke hvert eneste lille hår fra din fisse." Jeg sukkede indad og roterede mig, så min fisse blev udsat for Sandra og startede den lange og besværlige proces med at fjerne hår fra den, et ad gangen.

Jeg havde været i gang i omkring en halv time, da jeg begyndte at føle trangen til, at jeg skulle tisse. Jeg sagde ikke noget i starten, og da Sandra forlod lokalet for at gå og lave noget, gik jeg på toilettet uden at tænke over det. Jeg vendte tilbage for at se Sandra stå og vente på mig.

"Hvor fanden har du været?" spurgte hun mig.

"På toilettet Fruen, jeg skulle tisse," sagde jeg forskrækket.

"Jeg kan ikke huske at have givet dig tilladelse til det, vel?" hun spurgte.

"Nej frue, jeg er meget ked af frue," svarede jeg.

"Undskyld, det er ikke slave. Kom derover på sofabordet på hænder og

knæ." Jeg gjorde, som jeg fik besked på,
og knælede som en hund på bordet.
"Spred dine ben bredere," sagde hun. Jeg
spredte mine knæ fra hinanden, indtil de
var ved bordets kanter. Jeg kunne
mærke den kølige luft i rummet på min
blottede anus og fisse.

Zas! Jeg mærkede det stikkende slag af
Sandras hånd på min røvkind . Zas! Og
også på den anden.

"Ved du, hvad det er til?" Jeg blev spurgt.

"For ikke at spørge om lov Frue,"
svarede jeg sagtmodigt

"Det er rigtigt. Og når du bliver straffet,
vil du takke din elskerinde, fordi hun
hjælper dig til at være en ordentlig slave.
Forstår du det?"

"Ja frue," svarede jeg. Zas! Hendes hånd slog mine fisselæber , og jeg bed mig i læben i stedet for at græde. Instinktet fortalte mig, at det kun ville føre til flere problemer.

"Tak frue ," sagde jeg. Hun slog min fisse igen, og så yderligere tre gange og så min røv noget mere. Hver gang takkede jeg hende, fordi hun slog den.

"Ok, fortsæt nu, jeg kan ikke lide hår på min ejendom," sagde hun til mig. Jeg satte mig på håndklædet, min rumpe rød af smæk. Jeg kiggede på mine fisselæber. De var røde af at blive ramt. Men jeg var også overrasket over at bemærke, at der var en lillebitte perle af fugt mellem mine skamlæber. Der var noget ved den måde, jeg blev behandlet på, som begyndte at tænde mig.

Til sidst lykkedes det mig at plukke det sidste hår fra min fisse. Jeg blev beordret til at lægge mig tilbage, sprede mine ben og trække mine knæ mod mig, så jeg var helt eksponeret. Sandra gik hen og knælede mellem dem. Hun inspicerede min fisse nøje, men hun rørte den ikke. Jeg var så liderlig! At have hende så tæt på, tæt nok på, at hvis hun slikkede sig om læberne , ville hun nok røre ved min fisse, men ikke at røre ved alligevel gjorde mig sindssyg. Jeg ville have hende til at slikke mig. Desperat. Jeg troede ikke, jeg kunne spørge.

Efter et par minutter af dette slikkede Sandra mig med et dejligt langt slik fra bunden af min slids til toppen. Men det var det. Jeg kunne mærke, at mine safter var klar til at sive fra min fisse, og da jeg fik lov til at sidde op, rørte jeg ved mig selv, og min finger lettede meget lidt mellem mine læber.

"Jeg kan se, at du ikke rigtig forstår det her Erika," sagde Sandra til mig, da hun så mig gøre dette. "Du gør INTET, uden

min tilladelse. Du går ikke på toilettet ,
og du onanerer ikke. Kom her, jeg tror,
jeg skal forstærke lektionen."

Jeg troede, jeg var ved at blive tæsk igen.
Og på trods af, at det havde gjort lidt
ondt, så jeg, at jeg glædede mig. Men
Sandra førte mig hen til en træstol. Den
havde en lamelryg af træ og et solidt
træsæde. Der var en lille numseformet
fordybning støbt ind i sædet, og jeg sad
der, som jeg blev instrueret.

"Giv mig dine hænder," sagde Sandra
bag mig. Jeg lagde dem bag mig , og de
blev grebet og hurtigt bundet til stolen.
Sandra kom så foran mig og bandt mine
ankler til stolen. Hun skubbede stolen
(selvfølgelig med mig på den) derhen,
hvor jeg ville sidde og se på hende. Så gik
Sandra ud i køkkenet og vendte tilbage
med et stort glas vand.

"Drik den her Erika," sagde hun til mig.
Hun satte glasset til mine læber , og jeg
kom igennem omkring halvdelen af det
uden at trække vejret. Så løftede hun det
og hældte det i min mund. Jeg havde ikke
forventet det, og der var mere, end jeg
kunne klare. Det fløj forbi mine læber
og løb ned ad min hals og mine bryster
og ned på sædet. Jeg sad i en meget lav
vandpyt. Jeg kunne mærke det kolde
vand på min anus og kusselæber. Der
var dog ikke meget, jeg kunne gøre for at
flytte den.

Sandra efterlod mig alene, og jeg blev
forladt for at sidde og se hende se tv.
Hver gang der kom en reklame, fyldte
hun glasset og fik mig til at drikke. Dette
varede i to timer.

Igen følte jeg behov for at tisse. Jeg var
ved at blive desperat. Jeg havde mistet
overblikket over, hvor meget vand jeg
havde drukket, men min blære var klar

til at eksplodere! Jeg vristede mig i sædet, men ingen stilling hjalp.

"Behøver du at tisse slave?" Sandra spurgte mig, da hun så mig gøre dette.

"Ja frue," svarede jeg lettet over, at jeg skulle nå at gå på toilettet.

"Så har du min tilladelse til at tisse," svarede hun.

"Øh, kan du løsne mig, så jeg kan tisse fruen?" Jeg spurgte.

"Du behøver ikke at være ubundet slave, bare tisse," sagde Sandra.

"Her?" spurgte jeg forvirret.

Sandra trådte op og tog min venstre brystvorte mellem sin tommel- og pegefinger. Hun trak den hårdt. "Vær opmærksom. Pis," sagde hun og trak den igen. Jeg prøvede at slappe af. Det var ikke nemt. Sandra stod lige foran mig. Jeg var ikke vant til, at nogen så mig gøre det her. Jeg var heller ikke vant til at blive bundet.

Jeg kunne mærke det komme, det første jag, strømmen mod mine læber fra min blære.

"Spild ikke min tid slave, tis," sagde Sandra til mig. Og så mærkede jeg det. Mit tisse sprang fra mellem mine læber som en oversvømmelse, der bryder en dige. Det sprøjtede ud på stolen og derefter ud over kanten, blandede sig med vandet, der havde samlet sig omkring mig.

Sandra knælede ned foran mig, og mens jeg forbløffet så på, lænede hun sig frem, så strømmen af min tisse sprøjtede ud over hendes bluse.

" Åh gode pige," sagde hun til mig, og jeg var glad for at blive komplimenteret. Jeg så mit tisse suge ind i Sandras bluse, indtil der ikke var noget tilbage at tisse. Hun rakte frem og førte sin finger gennem tissen, der havde pudset rundt om min numse og fisse, og derefter løftede den til min brystvorte og tørrede den henover. Det var en våd, elektrisk berøring, der sendte en spænding gennem min krop. Så rejste hun sig og efterlod mig der. Jeg vidste ikke, hvad jeg skulle gøre. Jeg blev bare siddende i en lavvandet pool af mit eget pis.

Sandra vendte tilbage. Hun bar igen glasset med vand. Hun fik mig til at drikke det. Så tog hun fat i mit hår og trak mit ansigt frem mod hendes bryst.

"Sut min mejseslave," sagde hun til mig.
Hun stak sit bryst ind i mit ansigt, og jeg
åbnede min mund og suttede på hendes
bryst, klædt som det var i hendes bluse,
der var gennemblødt af mit tisse.

"Du ved, jeg begynder at kunne lide din
slave. Hvis du er meget god, vil jeg
måske endda lade dig få mig til at
komme senere." Hun trak sin bluse af og
derefter sin bh. Jeg savlede næsten
bogstaveligt, da jeg så hendes bryster.
De var fantastiske. Hun tabte sit tøj i
pølen af pisse og vand, og så sad hun
bare og så fjernsyn, og efterlod mig
stadig siddende i en hurtigt kølende
vandpyt, som jeg kunne mærke på mine
nøgne læber og rynkede lille anus.

Jeg må have siddet der i en halv time
mere og spekuleret på, om jeg skulle
være her hele natten.

"Tid til at jeg går i seng," meddelte
Sandra til mig, der stod foran mig med
sine vidunderligt store bryster blotlagte
og drillede mig. "Jeg vil løsne dig nu
Erika, og jeg vil have, at du følger mine
instruktioner. Jeg gør mig klar til at gå i
seng. Mens jeg gør det, vil du rydde op i
dette rod. Så kommer du ind på mit
værelse og slikker mig indtil Jeg
kommer. Forstår du det?"

"Ja frue," svarede jeg. Sandra bevægede
sig bag mig og løsnede mig. Jeg gned
mine håndled, da Sandra flyttede væk,
og gik så i gang med at rydde op i rod på
gulvet, stolen og Sandras bluse. Jeg hørte
bruseren og overvejede kort, at det ville
være en god mulighed for at nyde mig
selv, men var forsigtig. Ved at kende mit
held ville jeg blive fanget og straffet igen.
Og hvem ved, hvad Sandra ville finde på
næste gang.

Jeg flyttede ind i soveværelset i tide til at
se hende træde ud af ensuite, nøgen.

Hun var så sexet. Sandra lå på sengen og spredte sine ben. "Spis mig slave," sagde hun til mig.

Jeg kravlede op mellem hendes ben og kiggede på hendes silkeagtige, hårløse fisse. Hendes læber var allerede overfyldte, tydeligvis klar til noget kærligt, hendes klitoris oprejst og kiggede fra mellem hendes læber. Jeg brugte mine fingre til at skille hendes skamlæber og førte så min tunge gennem hendes slids, skubbede ind og derefter op og over hendes klit.

"Åh ja," mumlede hun, inden hun opmuntrede mig og forlangte, at jeg skulle fortsætte. Min tunge arbejdede igen og igen og over hendes fisse, ind og ud og frem og tilbage. Jeg kunne mærke mine egne safter sive ud mellem mine læber, jeg var så ophidset. Jeg ønskede så meget opmærksomhed, men koncentrerede mig om at glæde min elskerinde. Hun smagte vidunderligt.

Jeg hørte hendes vejrtrækning forkorte, komme i bukser og gisp, og så blev mit hoved klemt fast mellem hendes lår, da hun kom, og sprøjtede et væld af væske i mit ansigt! Jeg slikkede og slurrede , og Sandra råbte og krampede af sin nydelse.

"God pige Erika," sagde hun, da hun stoppede , og jeg blev overrasket over, hvor glad jeg var over at modtage sådan en ros. Sandra kiggede på den fugtige plet, der spredte sig på hendes lagen og smilede.

"Jeg tror, jeg får brug for en ren slave slave." Hun fortalte mig, hvor jeg kunne finde den, og jeg gik for at hente en til hende. Efter at jeg havde lagt den på sengen (Sandra holdt øje med mig hele tiden) spurgte jeg, hvad hun ville have mig til at gøre med den våde.

" Åh , du får sove på den søde. Ved fodenden af min seng," fik jeg at vide. Sandra fik mig til at ligge ved fodenden af hendes seng og den ene ankel bundet til sengestolpen, så jeg ikke kunne bevæge mig ret langt fra hende. Hun bad mig sprede mine ben, så hun kunne se min fisse igen. Hun førte en finger gennem min slids og min ryg krummede, forsøgte at bevare kontakten så længe som muligt. Hendes finger blev stukket ind i mig , og jeg græd og den fornøjelse, som jeg endelig fik at føle efter en dag med afsavn. Den blev trukket tilbage, og jeg så, mens Sandra sugede den ren.

"Godnat slave." Hun hoppede op på sengen. "Og hvis du tænker på, hvis du skal tisse, så gør du det der, medmindre jeg løsner dig om morgenen." Og dermed hørte jeg ikke andet fra hende.

Det tog mig ret lang tid at falde i søvn, men det lykkedes til sidst.

Da jeg vågnede, var det at finde Sandra stående over mig, nøgen. Det var den smukkeste udsigt op ad hendes lange lange ben, forbi hendes skaldede slids, til kurven på undersiden af hendes bryster, hendes hoved bøjet fremad, så jeg kiggede ind i ansigtet. Jeg strakte mig og fandt ud af, at jeg allerede var blevet løsnet.

"De her er til dig," sagde hun til mig og tabte et par blå bomuldstrusser på mig og smilede.

" Åh tak frue," sagde jeg oprigtigt glad. Hun så mig tage dem på og fik mig så til at stå foran hende.

"Mertress, må jeg venligst bruge toilettet?" spurgte jeg hende lidt nervøst.

"Nej. Knæl dig ned," sagde hun til mig. Jeg knælede foran hende. "Når du er klar til at gå, så tisse trusserne, slave. Jeg vil gerne se dig væde dem." Hun satte sig på kryds og tværs foran mig og ventede. Der gik ikke lang tid, før jeg ikke kunne holde, da jeg lige var vågnet. Jeg mærkede det prikke og jag, og så blev trusserne våde, mit pis gennemblødte stoffet og løb så ned af mit ben. Jeg skilte dem lidt ad, og det faldt til lagenet, som jeg havde sovet på.

"Jeg kan godt lide at se dig tisse, slave," sagde Sandra. "Nu kan du se mig." Hun stod foran mig og lænede sig lidt tilbage og skilte skamlæberne af med fingrene. Jeg havde knap nok registreret, hvad hun lavede, da en skarp strøm af varmt pis sprøjtede ud fra hende som en fjeder, ramte mig på brystet, løb over mine brystvorter og mave og ned til min fisse. Jeg mærkede hendes varme tisse på mine skaldede læber.

" Åh, du er ved at blive en vidunderlig slave, du vigede ikke engang," sagde Sandra smilende til mig. Hun rakte sine hænder frem, og jeg lagde mine i hendes. Hun løftede mig op , og hun trak mig mod sig, min krop våd med hendes pis presset mod hendes. Mit ansigt var kun lige over niveauet af hendes brystvorter , og jeg følte mig knust mod hendes fantastiske bryster. Jeg havde så lyst til at sutte hendes store brystvorte.

"Kom og bad med mig Erika," sagde Sandra. Vi gik ind på badeværelset, og snart stod jeg i alkoven med hende, især stadig iført et par trusser. Sandra fik mig til at vaske hende grundigt, opmærksom på hendes anus og insisterede på, at jeg skulle smide min finger ind i hendes stramme hul. Så tog hun sæben fra mig og begyndte at vaske min krop.

Jeg havde aldrig ømmet efter berøringen af en kvinde, som jeg gjorde, da hun begyndte at køre sine hænder over mine små bryster. Hun svirrede og klemte og drillede mine brystvorter, og jeg stønnede ved hver berøring.

Sandra flyttede vandstrømmen, så den manglede mig, og så var hendes hånd nede i trusserne og sæbede mine balder. Jeg mærkede hendes finger skubbe til min anus, og jeg skubbede mig tilbage og mærkede den glide lidt ind.

"Det her må dræbe dig Erika, jeg vil vædde på, at alt du vil lige nu er at komme."

"Åh ja, frue," klarede jeg mig med et skælven i stemmen. Jeg så hende tage en barbermaskine op og dreje den i hånden. Hun begyndte at smøre sæbe ud over hele håndtaget og jeg mærkede trusserne trak ned af mine ben. Hun vendte mig mod væggen og fik mig til at placere mine hænder foran mig og spredte mine ben. Så blev spidsen af

barberhåndtaget skubbet ind i min anus.
Jeg stønnede, og det blev presset
hårdere.

Sandra stoppede ikke, før hele hånden
var dybt i min røv , kun den udstrakte
ende, hvor barbermaskinen normalt
ville være monteret, forhindrede hende i
at glide den længere ind. Hun vred den
inde i mig, håndtagets kurve roterede i
min numse. Det var næsten nok til at få
mig til at få orgasme. Næsten, men ikke
helt.

Så blev den trukket tilbage, min numse
blev vasket af og trusserne trukket
tilbage på plads. Igen var min fisse
blevet forladt. Vi var ude af badet og
Sandra tørrede sig. Jeg fik ikke et
håndklæde.

Sandra førte mig derefter til
soveværelset og fortalte mig, at hun
havde nogle ting at tage sig af. Da jeg

blev lagt på hendes seng og bundet op,
fortalte hun mig, at hun havde en god idé
om, hvor liderlig jeg var, og hun stolede
ikke på, at jeg ikke ville få orgasme,
mens hun var væk. Så jeg var bundet
med plads til at bevæge mig, bare ikke
nok til at nå nogen af knuderne eller min
fisse. Det bedste jeg kunne klare var at få
en hånd på min brystvorte.

Så var jeg alene.

Det var timer senere, at jeg blev vækket
af lyden af stemmer, der kom ind i
soveværelset ..

ANDEN DEL

Dørklokken ringede.

"Gå hen og se, hvem der er ved døren Erika," hørte jeg Sandra råbe. Jeg gik til døren, bange. Jeg fik jo ikke lov til at have andet end et par trusser på i huset, så den, der var der, var ved at se mine små bryster og oprejste brystvorter.

Foreløbigt kiggede jeg gennem spionhullet for at se en mand stå der.

Det var svært at sige, hvordan han virkelig så ud gennem det forvrængede syn, men han var klædt i et jakkesæt.

"Fint, tænkte jeg, jeg er ved at give en sælger den største spænding i sit år!" Jeg åbnede døren og svingede den så vidt, at jeg kunne kigge rundt om den.

"Ja?" Jeg spurgte.

"Er Sandra med?" spurgte han mig, hans
øjne bevægede sig fra mit ansigt og ned
mod min hals og kraveben. Han slikkede
sig om læberne. Jeg tror, han vidste, at
jeg ikke var ordentligt klædt på bag
døren.

"Hvem kan jeg sige ringer?"

"Dan."

"Vent her et øjeblik," sagde jeg til ham og
lukkede døren. Jeg gik på jagt efter
Sandra og fandt hende dukke op fra
toilettet.

"Der er en Dan her for at se dig Sandra,"
fortalte jeg hende.

"Åh, hvor er det dejligt," udbrød hun. "Gå venligst og lad ham komme ind, og tag ham så ind i stuen."

Jeg vendte tilbage til døren og åbnede den, bred nok denne gang til, at Dan ville være i stand til at gå ind. Jeg mærkede hans øjne bevæge sig op og ned af min krop og mærkede mig selv reagere på den ærlige vurdering. Der blev ikke sagt noget, men Dan trådte ind i foyeren, så jeg kunne lukke døren.

"Følg mig venligst," sagde jeg til ham og gik i retning af loungen. Et blik over min skulder sikrede, at han fulgte efter, og fortalte mig også, at hans øjne på det tidspunkt var klistret til min trussebeklædte bagdel.

Jeg fører Dan ind i loungen, hvor Sandra sad i sofaen. Hun stod, da Dan ankom og trådte ind for at kramme ham.

"Hej Dan, det er så godt at se dig!" hun sagde.

" Ligeså Sandra. Jeg var i byen på forretningsrejse og måtte kigge forbi."

"Vil du have en drink?"

"Scotch?" spurgte Dan.

"Selvfølgelig. Erika, tag venligst Dan en Scotch. På is, ja?" sagde hun og bekræftede med Dan. Han nikkede, og jeg tog afsted mod spiritusskabet på den anden side af sofabordet, hvorfra han og Sandra nu havde sat sig i sofaen. "Og skaf også en til mig," tilføjede hun.

Jeg bøjede mig og holdt mine knæ lige, da jeg hentede flasken op af skabet, og sørgede for at holde min trussebeklædte fisse lige mod Sandra, som jeg havde fået besked på, når jeg hentede ting nedefra. Sandra kunne lide mine ben og var ikke en af dem, der fik mig til at spilde en mulighed for, at hun kunne beundre dem.

Jeg gav Dan en drink og gav derefter Sandra hendes, før hun sagde: "Tak Erika, du må gerne sidde på den pude." Hun pegede på en pude i hjørnet af loungen , og jeg gik hen og sad med benene over kors, bevidst om, at Dan tillod sit blik at skubbe over til mine bryster nu og da, mens de talte.

De havde snakket i omkring en halv time, og jeg havde fyldt deres drinks op et par gange, da Sandra sagde til Dan, efter at han havde kigget på mig igen: "Kan du så lide mit nye legetøj?"

"Meget meget, hun er ekstremt sød,
Sandra, du har gjort det meget godt for
dig selv."

"Ja, hun har også lært ret hurtigt," sagde
Sandra og jeg mærkede en varm glød
ved rosen.

"Der er noget ved de små bryster, der
bliver ved med at tiltrække mig," sagde
Dan. "Jeg kan ikke helt sætte fingeren på
det, for jeg er normalt mere til en sød
klam pige som dig selv, men der er noget
ved hende ..."

"Jeg ved, hvad du mener," svarede
Sandra, "jeg var den samme i starten. Nu
tager jeg det for givet. Hun reagerer
trods alt stadig på et godt ryk i
brystvorten."

"Har du noget imod, hvis jeg giver det en chance?"

"Selvfølgelig ikke. Erika, kom her venligst." Jeg rejste mig og gik hen til hvor de to sad. "Knæl her." Jeg knælede foran dem. Dan rakte ud og førte en hånd hen over mit bryst, før han tog min venstre brystvorte mellem sin tommel- og pegefinger. Han trak og vred , og jeg mærkede en skarp smerte skyde gennem mit bryst. Jeg stønnede, ude af stand til at hjælpe mig selv.

Sandra rakte ud og trak i min højre brystvorte på samme tid, og jeg stønnede igen.

"Det er dejlige små brystvorter, ikke?" sagde hun til Dan, som var enig med hende. De to fortsatte med at lege med mine brystvorter i et stykke tid, og så stoppede pludselig (i det mindste forekom det mig) og genoptog deres samtale. Jeg knælede simpelthen der, uden at have modtaget nogen instruktion om at gøre andet.

Så blev jeg bedt om at hente flere drinks og gjorde det. Efter at have leveret dem, tøvede jeg, usikker på, hvor jeg skulle vende tilbage til, og knælede foran dem eller hjørnet. Sandra må have bemærket og bedt mig om at knæle foran dem igen.

"Men tag de trusser af, jeg vil have Dan til at se din plukkede fisse..." tilføjede hun, da jeg var halvvejs til gulvet. Jeg rejste mig igen og trak mine trusser ned af mine ben, og afslørede min glatte, skaldede høj. Dan sad og beundrede mig, hans blik holdt fast i min fisse.

"Jamen hun har bestemt en dejlig fisse, sagde du, at den er plukket?" sagde Dan, mens den ene hånd justerede skridtet på sine bukser.

"Ja, du ved godt, at jeg ikke kan lide hår, og at barberstubbe er en tur off, så jeg fik hende til at sidde der og plukke sig selv, et hår ad gangen. Det var meget behageligt , og jeg synes, hendes fisse ser meget bedre ud. .

"Jeg vil vædde på, at den er fin og stram."

"Jeg ved det ikke endnu, jeg har ikke tilladt hende at gøre noget ved sin fisse, og det har jeg heller ikke siden hun kom her. Hun skal fortjene retten til at blive kneppet ordentligt her i huset. "Det gør hende dejlig og våd dog," tilføjede Sandra og samlede mine kasserede trusser op og viste Dan det våde spor i skridtet.

Deres tale om mig, som om jeg ikke var der, begyndte at tænde mig. Hele væsenet, der blev behandlet som et objekt, havde først demoraliseret mig, men nu sagde det til mig: "Dette er din rolle , og du er værdsat. Nyd det og nyd det." Det tændte åbenbart også for Dan, for han havde en tydelig erektion i bukserne.

"Hvorfor Dan, er der noget, du har brug for hjælp til?" Sandra spurgte ham, mens han prøvede at tilpasse sig. Hun rakte en hånd på tværs og strøg hans pik gennem hans bukser.

"Jeg vil gerne have lidt hjælp."

"Så må du hellere stå op," sagde hun til ham. Dan rejste sig og Sandra bad mig tage hans bukser af og få hans pik ud, men ikke røre ved den. Jeg løsnede hans bælte og derefter knappen og gylpen på hans jeans, som gled ned på gulvet. Han havde fantastiske ben og må have været cyklist, fordi de var blottet for hår. Hans pik stødte ud mod hans boksere, som jeg trak af, omhyggelig med at manøvrere dem uden at fange eller røre hans pik. Den var lang og tyk og meget imponerende. Jeg ville række ud og holde den, men vidste, at det ville betyde flere problemer, end jeg kunne forestille mig.

Dan sad tilbage på sofaen og Sandra lænede sig over og begyndte at slikke langs Dans pik. Jeg så hendes tunge danse blidt langs årerne og krølle rundt om hovedet. Dan stønnede.

"Du kan lege med hendes bryster Dan , og du kan røre ved hendes høj, men du må ikke røre eller trænge ind i hendes læber," sagde Sandra til ham, før hun tog hans pik godt ind i hendes mund. Hun gled den glat op og ned ad hans længde.

Dan rakte ud og trak mig tættere på sig ved min højre brystvorte. Fingrene på hans anden hånd dansede hen over den glatte hud på min høj, faretruende tæt på mine læber, men rørte dem aldrig. Så trak han i mine brystvorter igen. Hårdt. Det gjorde ondt, han trak så hårdt, at jeg var sikker på, at han havde fået blå mærker, men jeg græd ikke, stod bare der og tog smerten og fokuserede på Sandra med en pik, der gled ind og ud af hendes mund.

Hun stoppede og trak sin top af over hovedet, før hun slap sin bh, og hendes massive bryster væltede dejligt fri. Hun tog fat i Dans pik og placerede den mellem hendes bryster og brugte hænderne til at fange den mellem hendes bryster . Så driblede hun spyttet fra sin mund over toppen af hans pik og begyndte at glide hendes bryster op og ned af hans pik, på hver side af den.

Dan holdt op med at være opmærksom på mig og så, da Sandra kneppede hans pik med sine bryster. Så begyndte hun at arbejde sig op ad hans krop med sin tunge, indtil hun lå på ham med sine bryster knust mod hans bryst og hendes ben spredt til hver side af ham. Dan trak i sin nederdel, indtil den var bundet om hendes talje. Så tog han fat i hendes strømpebukser og rev dem i stykker. Sandra bar ingen trusser under sin hose.

Sandra lænede sig frem og Dan tog fat i hans pik og rettede den mod hendes fisse. Hun skubbede tilbage og gled langs hans stang og indlejrede den i sig. Jeg stod ved siden af dem, mens Sandra red op og ned på sin stive pik og ventede og spekulerede på, hvad jeg ville få at gøre. Sandra må have læst mine tanker.

"Kom her," sagde hun til mig, og så snart jeg var tæt nok på, tog hun en brystvorte i munden og suttede ivrigt på den, mens hun hoppede op og ned. Så skubbede Dan Sandra tilbage, indtil de havde skiftet stilling, og han holdt sig over hende og drev sin pik ind i hende i en

missionærstilling, og hans baller slog
mod hende med hvert indadgående stød.

Jeg hørte ham grynte og så ham holde sig
inde, tydeligvis skyde sin sperm dybt
inde i hende, før han trak sin pik ud.

"Tak Sandra, det var lige så vidunderligt
som nogensinde," sagde han til hende.

"Ryd op i ham Erika, brug din mund,"
sagde Sandra og kiggede over på mig. Jeg
knælede ned og Dan sad med benene
spredt på sofaen, hans pik var ikke helt
brugt, og glimtede af deres kombinerede
saft. Jeg brugte min mund, suttede og
slikkede på hans pik og rensede ham for
deres fornøjelse. Mens jeg gjorde det,
rejste han sig igen til en fuldstændig
oprejst tilstand , og jeg svælgede over at
have sådan en stor pik at sutte.

"Stop Erika, han er ren. Du skal rense
mig nu. Og denne gang stopper du ikke,
før jeg kommer." Sandra fortalte mig. Jeg
bevægede mig over mellem hendes ben ,
og hun gled fremad, indtil hendes numse
hang på kanten, benene skiltes for mig.

Jeg beundrede hendes fisse og lagde min
tunge blidt på hendes skamlæber,
slikkede og rensede. Så så jeg sperm sive
fra mellem hendes læber og ned mod
hendes anus. Jeg jagtede den med
tungen og skulle slikke hele vejen rundt
og hen over hendes rynkede hul for at
opfylde kravene til den opgave, jeg var
blevet stillet. Sandra stønnede højt, da
min tunge dansede over hendes anus.

Jeg prøvede mellem hendes læber,
slikkede, suttede, rensede spermen fra
hende og bevægede mig så op mod
hendes klit. Jeg kørte min tunge hen over
toppen og så ned igen, før jeg kredsede
den rundt og rundt. Jeg kunne se Dan

stryge sin pik ud af øjenkrogen, mens
han så mig optræde på min elskerinde.

Jeg faldt til ro i en rytme og blev
belønnet, da jeg hørte Sandra råbe og
hendes krop krampede af hendes
orgasme.

Da hun var kommet sig, fortalte hun mig,
at jeg kunne vende tilbage til hjørnet nu.
Jeg var meget opmærksom på, hvor våd
min fisse var, da jeg gik tilbage gennem
lokalet. Dan og Sandra sad og snakkede
lidt mere, og de så heller ikke, at det var
umagen værd at bekymre sig om at
restaurere deres tøj.

"Hun er bestemt et dejligt ungt legetøj,"
sagde Dan på et tidspunkt. "Er der en
chance for, at jeg kan komme i hendes
mund?"

"Jeg har en anden idé. Hun har været
meget god og fortjener en belønning.
Ikke så god, vel at mærke," tilføjede
Sandra, da hun så hans øjne lyse op.
"Kom med mig Erika," sagde hun. Jeg
fulgte efter Sandra ind i soveværelset,
hvor hun ventede med en
ledningslængde. Hun fik mig til at holde
mine arme ved siden af og bandt rebet
om mig i albuehøjde, så jeg kunne
bevæge min underarm, men ikke mine
overarme. Den var lang nok til, at hun
var i stand til at vikle den rundt og rundt
op over mit bryst, og bandt mine
overarme helt stille og efterlod
tilstrækkelig længde til, at hun kunne
føre mig ved den.

Og det gjorde hun, tilbage ud i loungen,
hvor Dan ventede, adskillige flere
stykker snor draperet over hendes
anden arm.

"Nu ser det lovende ud," sagde Dan,
mens han så os nærme os.

"Knæl ned Erika," sagde Sandra til mig. Jeg knælede ned og mærkede Sandra føre endnu en snor rundt om bagsiden af mine ben. "Læn dig nu tilbage på hælene og læn dig så fremad for at lægge dit hoved på gulvet, så dine knæ er op mod brystet." Det gjorde jeg. Længden af snoren, der nu var fanget bag mine knæ ved mine foldede ben, blev ført op over min nakke og derefter bundet foran den. Sandra justerer mig lidt.

Til sidst havde jeg mine underarme og underben på jorden, foldet så jeg ikke kunne bevæge mig, min numse pegede ud bag mig. Det var ikke behageligt, og jeg håbede, at det kun kunne betyde, at Sandra ville lade Dan kneppe mig og give mig noget fri.

Jeg var næsten så heldig.

"Jeg gemmer det her til mig," hørte jeg
Sandra sige bag mig, mens en finger løb
så langsomt hen over min venstre ydre
fisselæbe. Jeg rystede ved berøringen.
"Men jeg tror, det er på tide, at det her
legetøj blev brugt lidt . Legetøj skal jo
leges med, ikke efterlades på hylden i
deres indpakning. Så jeg vil lade dig
kneppe hendes Dan, lige her."

Jeg mærkede hendes finger hvile let lige
på midten af min anus.

"Nu er der en gave, jeg gerne vil tage
imod," svarede Dan.

"Lad mig bare forberede hende til dig,"
sagde Sandra. Hun forlod rummet og
kom tilbage. Det første, jeg mærkede, var
hendes tunge, der slikkede let omkring
min anus. Det var vildt. Jeg ville gerne
svare, men var bundet for stramt til at
gøre det. Så mærkede jeg noget sejt løbe
hen over min numse.

Sandra begyndte at gnide det ind i min anus. Det må være glidemiddel tænkte jeg ved mig selv. Hun skubbede på min anus uden at trænge ind, og kørte sin finger eller tommelfinger frem og tilbage over indgangen et stykke tid, indtil det punkt, hvor hun spiddede sin finger inde i mig. Jeg gispede, da hun fast gled den forbi modstanden af min muskels ring.

Hun gled den ind og ud et par gange, før hun påførte mere glidecreme og skubbede en anden finger ind med den første. Jeg gispede.

"Ok Dan, tror du, du kan klare dig?" spurgte hun og lo.

" Åh , det er jeg sikker på, at jeg kan," svarede han. Jeg mærkede hovedet af hans store pik hvile mod min anus. Trykket steg langsomt, indtil jeg kunne

mærke, at han lettede i mig. Jeg bed ned
på min læbe for at kvæle enhver støj, jeg
kunne lave, så langsomt, men bestemt,
han arbejdede sig ind i mig. Jeg kunne
ikke tro, hvor stort det føltes. Jeg ville
have tid til at tilpasse mig, for at gøre
mig klar til det, der skulle komme, men
fik ikke lov. Han skubbede ubønhørligt
ind , og jeg havde intet andet valg end at
lade ham. Og så stoppede han. Han holdt
sin pik så langt inde i mig, at jeg tænkte,
at han måtte have været klar til at
skubbe mine mandler. Og så slap han ud
igen. Det var forbløffende.

Han skubbede igen; gled ind igen, og jeg
mærkede Sandra drible glidecreme på
os, da vi smeltede sammen igen. Det
dryppede forbi hans pik og min anus til
min fisse , og jeg havde ondt af at få den
rørt. Dan begyndte at kneppe min røv
nu, og efterhånden som jeg tilpassede
mig , nød jeg det virkelig, og vuggede en
smule for at opmuntre hans invasion af
min numse.

Jeg ville have min klit rørt. Jeg var i brand. Jeg vidste, at det kun ville tage den mindste berøring på det for at få mig til at komme, som jeg aldrig havde gjort før, men der var intet, jeg kunne gøre for at opnå det. Og så kom Dan og oversvømmede min numse med sit frø.

"Tak Sandra," tilbød han, inden han gik på toilettet.

""Lad mig rydde op, Erika," sagde Sandra i hans fravær. Jeg mærkede hendes tunge slikke op gennem slidsen af min fisse til min anus, hvor hun slikkede og suttede, indtil der ikke var nogen sperm tilbage.

"Nå, Sandra, jeg er nødt til at gå," sagde Dan og vendte tilbage fra badeværelset. "Tak for sådan et dejligt besøg."

"Når som helst Dan, glad for at du kiggede forbi," svarede hun. Hun fulgte ham hen til døren. Hun rullede mig om på siden, stadig bundet og satte sig så ned for at se tv.

Jeg lå på gulvet, lige i stand til at se fjernsynet, med ansigtet væk fra Sandra. Jeg kunne ikke dreje mit hoved langt nok til at se hende. Det var uundgåeligt, at det ville ske, og på trods af, at jeg håbede noget andet, var jeg nødt til at tisse.

"Venligst frue, jeg skal på toilettet," sagde jeg og forventede ikke at få lov, men måtte spørge for en sikkerheds skyld.

"Nå, jeg ser fjernsynet og har ikke tid til at løse dig, så du kan enten holde ud til slutningen af showet eller bare aflaste dig selv. Jeg prøvede at holde fast, men til sidst, uden held, før slutningen af showet havde jeg intet andet valg end at lade min tisse gå.

Da jeg var færdig , lå jeg i mit pis på gulvet og blev overrasket, da jeg fornemmede, at Sandra havde bevæget sig mod mig. Jeg mærkede hendes hånd kærtegne min hofte og glide ned over min balde for at røre ved min tissevåde fisse med hendes fingre. Hun kørte dem frem og tilbage langs min slids, og snart ændrede fugtbelægningen mig. En finger studsede i min anus og arbejdede langsomt indenfor, og så gled en til min fulde overraskelse ind i min fisse.

Jeg stønnede, det var den første direkte kontakt, hun havde fået med min fisse , og jeg indså pludselig, hvor meget jeg havde ønsket det. Så var Sandra ved at løsne snorene, der bandt mig.

"Kom med mig, det er på tide, vi havde det sjovere." Da jeg kasserede de sidste snore, stod jeg langsomt fra gulvet og masserede min krop, hvor de var blevet fastgjort. Jeg havde været i den position i en god time eller deromkring og snublede lidt ved mit første skridt. Sandra førte mig ind på badeværelset og tændte for bruseren.

Sandra førte sin hånd op og ned ad den side af min krop, der havde ligget i min urin. Hendes våde hånd omsluttede mit bryst, og så sænkede hun hovedet til min brystvorte og suttede på det. Så åbnede hun skærmdøren til brusekabinen og trådte ind og vinkede mig til at følge efter hende.

"Knæl ned der Erika," sagde hun og viste gulvet foran sig. Jeg knælede på gulvet, mit ansigt i niveau med hendes fisse, øjnene kastede opad og undrede mig over undersiden af hendes hængende bryster. Vandet plaskede mod Sandras ryg, og jeg nåede kun at få en og anden vildfaren strøm, mens hun bevægede sig.

Sandra førte sine hænder til sin fisse og spredte sine læber foran mig, og lænede sig derefter lidt tilbage. Noget af vandet fossede nu over hendes skuldre mod mig, mens noget løb ned mellem hendes bryster til hendes fisse. Mens jeg så på, mine øjne kiggede på hendes skønhed og gemte synet væk, begyndte hun at tisse. En strøm af varmt pis kort frem fra hendes fisse og slog mig i nakken. Sandra lænede sig frem igen og så på, hvordan hun pissede over mine bryster.

"Åbn din mund Erika, drik mit pis." Jeg sad og kiggede på hende uden at bevæge mig. "Erika, det var ikke en anmodning, det var en ordre. Drik mit pis." Strømmen var stoppet nu, Sandra holdt åbenbart tilbage for et tegn på min villighed til at efterkomme hendes anmodning. Hun rakte en hånd ud og greb mit hår, vippede mit hoved tilbage og trådte over mig, så hendes fisse kun var en tomme fra min mund.

"Gør det ikke vanskeligt, legetøj. Du er åbenbart ikke klar til den fornøjelse, som jeg ville give dig lov til." Jeg mærkede hendes pis ramme mine læber og holdt dem presset sammen, mens det flød over dem og ned ad min hals og bryst. Da hun var færdig, trådte hun væk fra mig og ud af badet. Hun rakte ind igen og lukkede for vandet.

Jeg rørte mig ikke, fordi jeg kunne mærke, at stemningen havde ændret sig. Sandra tørrede sig langsomt og forlod derefter rummet. Da hun kom tilbage, havde hun ledningslængderne fra stuen. De var mærkbart fugtige. Sandra tog en og slog den om min hals, før hun bad mig følge efter hende. Det var ikke stramt, og jeg bemærkede også, at det slet ikke var en glideknude, det så ud til blot at definere forholdet mellem os igen. Herre og tjener.

Tilbage i soveværelset fortalte Sandra mig, at jeg skulle komme i en hundestilling. Jeg gjorde, som jeg fik besked på , og hun gik hen til sit skab. Efter at have fisket inde i et stykke tid kom hun tilbage med en enorm sort dildo og en tube smøremiddel. Hun begyndte hurtigt at smøre min anus op med et antal fingre nu skubbet ind i mig. Så bevægede hun sig foran mig og driblede glidecreme ned over det enorme stykke gummi, som hun holdt, lige foran mine øjne. Jeg anede ikke, hvordan det skulle passe ind i mit numsehul.

Jeg fandt dog hurtigt ud af det, da hun langsomt men bestemt skubbede den mod mit rynkede hul. Jeg kunne mærke, at jeg strækkede mig, bredere end jeg nogensinde havde gjort før. Jeg var sikker på, at hun ville rive min anus i stykker, men hun vidste, hvad hun gjorde. Det tog hende 15 minutter at være tilfreds med, hvor meget af det monster hun havde i min numse, og så stoppede hun. Jeg åndede lettet op, da hun holdt op med at skubbe den dybere. Jeg lå på hænder og knæ og kunne mærke, at det begyndte at glide ud igen, da hun slap sit greb om det. Dette blev dog hurtigt stoppet, da Sandra bandt noget snor rundt om det og derefter om det ene ben, det andet og min hals også.

Jeg lagde mig på siden, mine hænder var bundet til sengens ben og mine ankler bundet sammen.

"Godnat legetøj," sagde Sandra.

"Godnat elskerinde," svarede jeg stille. Jeg sov ikke rigtig den nat. Jeg var simpelthen ikke komfortabel nok. Jeg døsede af og til, men det var det hele. Og når jeg skulle tisse midt om natten, gjorde jeg ikke forsøg på andet end at tisse, hvor jeg lå.

Da Sandra vågnede, gik hun direkte hen
til sit skab og trak en læderpisk frem.
Hun fik mig tilbage i en hundestilling og
svingede så pisken mod min numse.

Zas!. Jeg rystede og mærkede brodden af
læderet.

"Jeg tror, at du efter dette måske virkelig
forstår mit behov for fuldstændig
lydighed," var det eneste, hun sagde til
mig, før pisken slog min ryg og røv igen
og igen. Ingen hud var brækket, men det
sved, og jeg vidste, at der ville være
masser af røde mærker, hvis jeg kunne
se mig selv i spejlet.

Efter et stykke tid blev jeg efterladt igen
og rørte mig ikke. Da Sandra kom tilbage
havde hun en stol. Hun satte den foran
mig og forlod så rummet igen. Denne
gang, da hun vendte tilbage , havde hun

to skåle korn. Hun lagde den ene på jorden foran mig og satte sig i stolen sammen med den anden.

"Spis," var alt, hvad hun sagde. Jeg tog skålen op med mine hænder, men stoppede, da hun tilføjede: "Ingen hænder." Jeg sænkede mit ansigt til skålen og spiste kornprodukterne som en hund, mens hun sad foran mig, nøgen og spiste sin egen morgenmad. Da jeg havde spist så meget, jeg kunne fra skålen , sad jeg tilbage på hælene og ventede, den massive dildo var stadig begravet i min røv og stak ud mellem mine fødder. Jeg var forsigtig med ikke at tvinge det yderligere. Sandra færdiggjorde sin morgenmad og rejste sig og bevægede sig mod mig.

Hun stod over mig igen, hendes fisse en tomme fra min mund.

"Åbn munden Erika," sagde hun ganske
roligt. Jeg tøvede. Hun tog fat i mit hår og
trak det. Det føltes som om hun ville rive
det af min hovedbund. Jeg åbnede min
mund. Sandra begyndte at pisse ind i
min mund. Jeg lod den fylde , synkede
ikke, og så flød min mund over , og
hendes pis løb ned af min nakke og over
mine bryster. Hun så ud til at tisse for
evigt , og jeg spekulerede på, hvor meget
vand hun havde drukket som
forberedelse til i morges. Det må have
været meget.

Da hun var færdig, slap hun mit hår, og
jeg lod det sidste af hendes pis løbe fra
min mund.

"Se, nu er det, hvad et godt legetøj gør."
Hun lænede sig ned og kyssede mig,
kastede sin tunge ind i min pissevåde
mund og slikkede så mit ansigt. Hun
løste snorene, der bandt mig, og til sidst
blev det massive legetøj fjernet fra min
anus.

"Kom på sengen Erika." Jeg klatrede op på sengen og lagde mig på ryggen. Sandra bevægede sig op over toppen af mig, hendes bryster hang under hende og slæbte hen over mit kød. Jeg rystede, da en brystvorte græssede hen over min glatte høj og så op over min mave. Hun knuste dem mod mine egne små bryster og kyssede mig så og kværnede sig mod mit lår.

Jeg svarede lidenskabeligt kysset og lod mine hænder vove sig til hendes sider og derefter til hendes røvkinder , og spekulerede på, om der var en streg, jeg ikke skulle krydse, og hvad det sandsynligvis ville være. Men Sandra så ud til at være ligeglad nu. Hun satte sig op over mig og skød så frem, indtil hun pressede sin fisse mod mit ansigt. Jeg spiste hende, brugte min tunge til at slikke og kærtegne hendes klit, klemte hele min mund mod hende og sonderede indenfor med min tunge. Sandra kværnede mod mig , og det varede ikke længe, før hun kom.

Så begyndte Sandra at komme tilbage ned ad min krop igen, denne gang kyssende og suttede og bide med sine læber, tunge og tænder, mens hun rejste ned i mit kød. Da hun nåede min fisse, troede jeg, at jeg øjeblikkeligt ville eksplodere. Kærtegnene af hendes tunge på min klit fik mig til at reagere.

Jeg var så liderlig af ugen med afsavn og tilfældighed, at jeg troede, at jeg ville gå væk med det samme. Men Sandra var åbenbart godt øvet og vidste, hvad hun lavede. Hun drillede mig næsten til orgasme og bakkede så tilbage, nappede og kyssede mine indre lår eller brugte sine fingre til at trække i mine brystvorter. Så ville hun overfalde min fisse igen, indtil jeg næsten var der. Hun skubbede mine knæ op mod mit bryst og drev sin tunge dybt inde i mig og

slikkede så ned til min anus og gentog
sin handling der.

Til sidst gav hun mig slip, tog min klit
mellem hendes læber, hun trak og
suttede på den. Jeg skreg, da min
orgasme rev gennem mig, mine ben
rystede og krampede af kraften i det. Jeg
følte, at jeg sprøjtede væske, da jeg kom,
første gang nogensinde. Sandra laskede
om min fisse, gjorde rent og elskede det.

Efter at jeg var kommet mig, slæbte hun
mig til bruseren, hvor vi ryddede op,
rørte og kærtegnede. Det var mærkeligt,
at denne kvinde, som var min
elskerinde, pludselig var så følsom med
sine berøringer. Det var som om at have
knust mig, spillet var slut.

Senere samme dag sagde jeg farvel til
Sandra og gik. Jeg spekulerer ofte på, om
jeg skulle besøge hende, og hvem jeg

kunne finde bundet på gulvet, hvis jeg
gjorde det.

En dag vil jeg.

ENDE